Achim Schmidtmann (Hrsg.)

AF220008

Worte der Freundschaft

Aphorismen, Zitate, Gedichte, Lieder

Die Freundschaft schenkt den Frieden und ihre Gewissheit ist süß.

Auguste Rodin (1840-1917),
französischer Bildhauer und Zeichner

Achim Schmidtmann

Worte der Freundschaft

Aphorismen, Zitate, Gedichte, Lieder

1. Auflage, April 2022

Bibliografische Information der Deutschen Nationalbibliothek:
Die Deutsche Nationalbibliothek verzeichnet diese Publikation in der Deutschen Nationalbibliografie; detaillierte bibliografische Daten sind im Internet über http://dnb.dnb.de abrufbar.

Herstellung und Verlag: BoD – Books on Demand, Norderstedt
ISBN: 978-3-7562-0788-6

Inhalt

Hinweise zur Benutzung

Die Zitate und Gedichte in diesem Büchlein sind chronologisch nach den Lebensdaten der Autorinnen und Autoren sortiert. Bei den Zitaten stehen die Angaben zu den Autorinnen und Autoren immer unten drunter und bei den Gedichten oben drüber. Sind mehrere Zitate von einer Autorin oder einem Autor, so folgt erst unter dem letzten Zitat die Angabe.

Sprichwörter und Bibelverse sind unsortiert. Unter ihnen befindet sich die Angabe zum Land oder Fundort. Bei mehreren Sprichwörtern aus einem Land, folgt erst dort die Angabe.

Lied- bzw. Musiktexte sind ebenfalls unsortiert. Auch bei Ihnen befinden sich Angaben zur Herkunft der Texte und der Melodie sowie die Fundquellen unten drunter.

Wenn Sie Kritik oder Anregungen zu diesem Büchlein haben oder weitere schöne Aphorismen, Zitate, Gedichte oder Lieder rund um das Thema Freundschaft beitragen wollen, so erreichen Sie mich über:
kontakt@worte-der-freundschaft.de

Vorwort

Die Idee zu diesem Büchlein ist im Rahmen der Vorbereitungen zu meinem 50ten Geburtstag entstanden. Beim Nachdenken über meine Gästeliste kam ich ganz automatisch auf das Thema Freundschaft. So im Rückblick auf die letzten 50 Jahre überlegte ich, wer eigentlich meine Freunde sind und was sie von Bekannten oder Bekanntschaften unterscheidet.

Freundschaft ist ein Thema, über das sich schon viele berühmte Menschen den Kopf zerbrochen haben und sehr viele unterschiedliche Worte gefunden haben. Diese Worte finden sich in Aphorismen, Zitaten, Sprichwörtern und Weisheiten aber auch in Gedichten und Liedtexten. Einige davon sind sehr weise und tiefgehend, andere eher lustig und unterhaltsam. Aber alle haben gemeinsam, dass sie die Freundschaft charakterisieren und uns ein wenig näherbringen.

Ich hatte sehr viel Spaß dabei, diese kleine Sammlung rund um die Freundschaft zusammen zu stellen und aufgrund der Corona Verschiebung auch noch etwas länger daran zu feilen. Nun hoffe ich, dass auch Ihr etwas von dieser Freude beim Durchblättern des Büchleins erlebt. Viel Vergnügen!

Herzliche Grüße Achim Schmidtmann

Freundschaft – eine erste eigene Sammlung

Kennen und Verstehen

Unterstützung und Hilfe

Rückhalt und Rückgrat

Kritik und Anregungen

Verständnis und Mitgefühl

Teilnahme und Teilhaberschaft

Erleben und Gestalten

Verbundenheit und Harmonie

Offenheit und Zuwendung

Gemeinschaft und Einheit

Gleichgesinntheit und Einvernehmen

Glück und Zufriedenheit

Vergangenheit und Zukunft

Und auch
Gemeinsam und nicht allein
Miteinander und nicht gegeneinander
Offen und nicht verschlossen
Ereignisreich und nicht langweilig
Anregend und nicht erregend
Zwanglos und nicht zwanghaft
Verbunden und nicht verklebt
Vertrauensvoll und nicht argwöhnisch
Freundlich und nicht unfreundlich
Warm und nicht kaltherzig
Liebevoll und nicht gehässig

Die Hände der Freundschaft
zum Festhalten,
zum Drücken
zum Streicheln
zum Trösten
zum Verbinden
zum Aufhalten
zum Kitzeln und Kabbeln
zum auf die Schulter Klopfen
zum Gratulieren
zum Zusammenhalten
zum Geben und Nehmen.

Freundschaft in Zitaten

Was für den Vogel die Kraft der Schwingen, das ist für den Menschen die Freundschaft: Sie erhebt ihn über den Staub der Erde.
Laotse (vermutlich 6. Jhd. v. Chr.), chinesischer Philosoph

Gleichheit der Gesinnung erzeugt Freundschaft
Demokrit (um 460 v.Chr. - um 371 v.Chr.), griechischer Philosoph

Wer zur Gemeinschaft unfähig ist, der ist es auch zur Freundschaft.
Plato (427-348 od. 347 v. Chr.), lateinisch Platon, griechischer Philosoph

Freundschaft ist eine Seele in zwei Körpern.

Gleichheit ist die Seele der Freundschaft.
Aristoteles (384 v. Chr. - 322 v. Chr.), griechischer Philosoph, Begründer der abendländischen Philosophie

Von allen Geschenken, die uns das Schicksal gewährt, gibt es kein größeres Gut als die Freundschaft – keinen größeren Reichtum, keine größere Freude.
Epikur von Samos (341 v. Chr. - 270 v. Chr.), griechischer Philosoph

Trennung der Freundschaft gibt einen Prüfstein der Freundschaft.

Menander (342/341 v. Chr. – 291/209 v.Chr.), griechischer Komödiendichter

Freundschaft ist das schönste Geschenk, das die Götter den Menschen verliehen.

Es gibt kein festeres Band für Freundschaft als gemeinsame Pläne und gleiche Wünsche

Aus der Verwandtschaft kann man Wohlwollen entfernen, nicht aus der Freundschaft.

Das also ist keine Freundschaft, dass, wenn der eine die Wahrheit nicht hören will, der andere zum Lügen bereit ist.

Die Freundschaft aus dem Leben wegnehmen wollen heißt, die Sonne aus der Welt verbannen; denn nichts Besseres haben uns die unsterblichen Götter geschenkt und nichts Köstlicheres.

Gibt es etwas Beglückenderes, als einen Menschen zu kennen mit dem man sprechen kann wie mit sich selbst? Könnte man höchstes Glück und tiefstes Unglück ertragen, hätte man niemanden, der daran teilnimmt? Freundschaft ist vor allem Anteilnahme und Mitgefühl!

Anteilnehmende Freundschaft macht das Glück strahlender und erleichtert das Unglück.

Die älteste Freundschaft muss uns, wie Weine, die die Jahre zählen, die lieblichste sein.
Marcus Tullius Cicero (106-43 v. Chr.), römischer Redner und Staatsmann (u.a. aus De amicitia 98)

Dasselbe wollen und dasselbe nicht wollen, das ist feste Freundschaft.
Gaius Sallustius Crispus (deutsch Sallust; 86 v. Chr - 35/34 v. Chr.), römischer Geschichtsschreiber und Politiker.

Die breite Menge misst Freundschaften an ihrem Nutzen.
Ovid (43 v. Chr. - 17 n. Chr.), eigentlich Publius Ovidius Naso, römischer Epiker

Ich habe angefangen, mir selbst ein Freund zu sein. – Damit ist schon viel gewonnen, denn man kann dann niemals mehr einsam sein. Wisse auch, dass ein solcher Mensch allen ein rechter Freund sein wird.
Lucius Annaeus Seneca (ca. 4 v. Chr. - 65 n. Chr.), genannt Seneca der Jüngere; römischer Philosoph, Stoiker, Schriftsteller, Naturforscher und Politiker

Die meisten sehen nur auf das, was Freundschaften ihnen eintragen können. Die Pflichten aber, die sie ihnen selbst auferlegen, übersehen sie und bedenken nicht, dass der, welcher in der Not viele braucht, dann auch wiederum vielen dienen muß.

Womit kann man sich eine Freundschaft erwerben? Mit Wohlwollen und Gnade, verbunden mit der Tugend: das ist das Seltenste auf der Welt. Wirklich füreinander da zu sein, ist also nur unter wenigen möglich.
Plutarch von Chäronea (45-120), griechischer Philosoph, Historiker und Konsul von Griechenland

Es gibt nichts Schöneres im Leben als die Freundschaft: Du hast jemanden, dem Du Dein Innerstes öffnen, dem Du Geheimnisse mitteilen und das Verborgene Deines Herzens zeigen kannst.
Ambrosius von Mailand (339-397), gilt als einer der vier lateinischen Kirchenlehrer der Spätantike der Westkirche

Eine Freundschaft, die beendet werden kann, hat eigentlich nie so recht begonnen.
Mellin de Saint-Gelais (ca. 1491-1558), französischer Dichter

Wo Kaffee serviert wird, da ist Anmut, Freundschaft und Fröhlichkeit!
Ansari Djerzeri Hanball Abd-al-Kadir (16. Jhdt.), arabischer Scheich

Freundschaft hält Stand in allen Dingen. Nur in der Liebe Dienst und Werbung nicht.
Viel Lärmen um Nichts II, 1. (Claudio)

Ein Freundschaftsband, das Weisheit geknüpft, kann leicht eine Torheit lösen.
William Shakespeare (1564-1616), engl. Dramatiker

Wer will vergnüglich alten, soll mit niemand Feindschaft, mit jedermann Freundschaft, mit wenigen Gemeinschaft, mit vielen Kundschaft halten und lassen Gott dann walten.

Georg Rodolf Weckherlin (1584-1653), deutscher Lyriker und Nachdichter

Freundschaft ist eine Tür zwischen zwei Menschen. sie kann manchmal knarren, sie kann klemmen aber sie ist nie verschlossen.

Baltasar Gracián y Morales (1601-1658), spanischer Schriftsteller

Eine Freundschaft, die der Wein gemacht, wirkt wie der Wein nur eine Nacht.

Friedrich von Logau (1605-1655), deutscher Dichter des Barock

Auf der höchsten Stufe der Freundschaft offenbaren wir dem Freunde nicht unsere Fehler, sondern die seinen.

Wie selten auch wahre Liebe ist, so ist wahre Freundschaft doch noch seltener.

In der Freundschaft wie in der Liebe ist man oft glücklicher durch das, was man nicht weiß, als durch das, was man weiß.

François de La Rochefoucauld (1613-1680), französischer Schriftsteller

Man kommt in der Freundschaft nicht weit, wenn man nicht bereit ist, kleine Fehler zu verzeihen.
Jean de La Bruyére (1645-1696), französischer Schriftsteller

Die Freundschaft fließt aus vielen Quellen, am reinsten aber aus dem Respekt.
Daniel Defoe (1660-1731), englischer Schriftsteller

Freundschaft ist ein Vertrag, durch den wir uns verpflichten, kleine Dienste zu erweisen, damit wir in den Genuss größerer kommen.
Charles-Louis de Secondat, Baron de La Brède et de Montesquieu (1689-1755), französischer Schriftsteller

Freundschaft ist die Verbindung (Ehe) der Seelen.

Das erste Gesetz der Freundschaft lautet, dass sie gepflegt werden muss.
Das zweite lautet: Sei nachsichtig, wenn das erste verletzt wurde.
Voltaire (1694-1778), französischer Schriftsteller und Philosoph

Auf den Wegen der Freundschaft soll man kein Gras wachsen lassen.
Marie-Thérese Geoffrin (1699-1777), französische Schriftstellerin und Salondame

Die Freundschaft und die Liebe sind zwei Pflanzen an einer Wurzel, die letztere hat nur einige Blüten mehr.
Friedrich Gottlieb Klopstock (1724-1803), deutscher Dichter

Die Wahrheit ist die Waagschale der Freundschaft.

Die Freundschaft ist ein Kapital, von dem die Zinsen niemals verloren gehen.
Johann Georg Hamann (1730-1788), deutscher Philosoph und Schriftsteller

Wahre Freundschaft: eine sehr langsam wachsende Pflanze.
George Washington (1732-1799), 1. Präsident der Vereinigten Staaten von Amerika, Begründer der Unabhängigkeit der Vereinigten Staaten

Wir können nicht den exakten Moment benennen, in dem eine Freundschaft entsteht. Wie ein Krug, der Tropfen für Tropfen gefüllt wird, bis ein letzter Tropfen ihn zum Überlaufen bringt, so gibt es bei einer Freundschaft eine Vielzahl von Freundlichkeiten bis zu jener, die das Herz zum Überlaufen bringt.
James Boswell (1740-1795), schottischer Schriftsteller

Es gibt einige Freundschaften, die im Himmel beschlossen sind und auf Erden vollzogen werden.
Matthias Claudius (1740-1815), deutscher Dichter und Journalist

Vielleicht muss man die Liebe gefühlt haben, um die Freundschaft richtig zu erkennen.
Nicolas Chamfort (1741-1794) – Schriftsteller

Wohl dem, der in Fried und Freundschaft lebt mit seinem Gewissen, mit seinem Magen, und mit seinem Bette.
Nikolai Abramowitsch Putjatin (1749-1830), russischer Philanthrop und Philosoph

Ältere Bekanntschaften und Freundschaften haben vor neuen hauptsächlich das voraus, dass man sich einander schon viel verziehen hat.
Johann Wolfgang von Goethe (1749-1832), dt. Dichter

Freundschaft ist ein Band der Vernunft
Richard Brinsley Sheridan (1751-1816), irischer Dramatiker und Politiker

Keine freundschaftliche Verbindung pflegt dauerhafter zu sein, als die, welche in der frühen Jugend geschlossen werden. Man ist da noch weniger misstrauisch, weniger schwierig in Kleinigkeiten.
Adolph Freiherr Knigge (1752-1796), deutscher Schriftsteller

Dem Vogel ein Nest, der Spinne ein Netz, dem Menschen - Freundschaft.
William Blake (1757-1827) englischer Dichter und Maler

Der Freundschaft stolzes Siegel tragen viele, die in der Prüfungsstunde treulos fliehn.
Friedrich von Schiller (1759-1805), deutscher Dichter und Schriftsteller, an Bettina von Arnim

Freundschaft ist die Blüte des Augenblicks und die Frucht der Zeit.
August von Kotzebue (1761-1819), deutscher Dramatiker

Zur Freundschaft gehört, dass wir einander gleichen, einander in einigem übertreffen, einander in einigem nicht erreichen.
Jean Paul (1763-1825), deutscher Dichter, Publizist und Pädagoge

Eigennutz ist die Klippe, an der jede Freundschaft zerschellt.
Ludwig Tieck (1773-1853), deutscher Dichter und Übersetzer

Vieles kann der Mensch entbehren, nur den Menschen nicht.
Ludwig Börne (1786-1837), deutscher Schriftsteller und Kritiker

O brich den Faden nicht der Freundschaft rasch entzwei! Wird er auch neu geknüpft, ein Knoten bleibt dabei.
Friedrich Rückert (1788-1866), deutscher Dichter, Lyriker und Übersetzer

Nur der ist hoher Freundschaft fähig, der auch ohne sie fertig zu werden vermag. Diese hohe Aufgabe verlangt erhabene Fähigkeiten.

Das Einmalige an einer Freundschaft ist weder die Hand, die sich einem entgegenstreckt, noch das freundliche Lächeln oder die angenehme Gesellschaft. Das Einmalige an ihr ist die geistige Inspiration, die man erhält, wenn man merkt, dass jemand an einen glaubt.
Ralph Waldo Emerson (1803-1882), nordamerikanischer Philosoph und Schriftsteller

Wenn Freundschaft dein schwächster Punkt ist, dann bist du der stärkste Mensch der Welt.
Abraham Lincoln (1809-1865), 16. Präsident der USA

Es muß Herzen geben, welche die Tiefe unseres Wesens kennen und auf uns schwören, selbst wenn die ganze Welt uns verlässt.
Karl Ferdinand Gutzkow (1811-1878), deutscher Schriftsteller, Dramatiker und Journalist

Ein bisschen Freundschaft ist mir mehr wert als die Bewunderung der ganzen Welt.
Otto von Bismarck (1815-1898), deutscher Politiker

Treue Liebe kann zwischen Menschen von sehr verschiedenem, dauernde Freundschaft nur zwischen Menschen von gleichem Werte bestehen. Aus diesem Grunde ist die zweite viel seltener als die erste.

Das schönste Freundschaftsverhältnis: wenn jeder von beiden es sich zur Ehre rechnet, der Freund des anderen zu sein.

Dauernde Freundschaft kann nur zwischen Menschen von gleichem Wert bestehen.
Marie von Ebner-Eschenbach (1830-1916), österreichische Erzählerin

Die Freundschaft ist auch das edelste Gefühl, dessen das Menschenherz fähig ist, nicht die Liebe.

Ein Quäntchen wirklicher Freundschaft ist viel mehr als eine ganze Wagenladung Verehrung.
Carl Hilty (1833-1909), Schweizer Staatsrechtler und Laientheologe

Freundschaft ist wie Geld - leichter gewonnen als erhalten.
Samuel Butler d. J. (1835-1902), englischer Philosoph, Schriftsteller und Essayist

Nicht der Mangel an Liebe, sondern der Mangel an Freundschaft macht die unglücklichen Ehen.
Friedrich Wilhelm Nietzsche (1844-1900), deutscher Philosoph, Essayist, Lyriker und Schriftsteller

Großzügigkeit ist das Wesen der Freundschaft.
Oscar Wilde (1854-1900), irischer Schriftsteller

Es gibt Menschen, deren einmalige Berührung mit uns für immer den Stachel in uns zurücklässt, ihrer Achtung und Freundschaft wert zu bleiben.
Christian Morgenstern (1871–1914), deutscher Dichter

Freundschaft, das ist wie Heimat.

Gott erhalte uns die Freundschaft. Man möchte beinah glauben, man sei nicht allein.

Freundschaft beruht darauf, dass eben nicht alles gesagt wird, nur so ist Beieinandersein möglich.
Kurt Tucholsky (1890-1935), deutscher Journalist und Schriftsteller

Es gibt keine Freunde, es gibt nur Momente der Freundschaft.
Jules Renard (1864-1910), französischer Roman- und Tagebuchautor

Eine Welt ohne Freundschaft ist eine Welt ohne Sonne.
© Monika Minder, 2011

Ein Leben ohne echte Freundschaft ist wie ein Leben ohne Sonnenschein.

Ein Leben ohne Freundschaft, ist wie eine Blume ohne Blüte.

Eine Freundschaft ist ein aus vielen Strängen der gemeinsamen Erfahrung gewobenes Band.
Achim Schmidtmann

Verfasser unbekannt

Die Liebe fragt die Freundschaft, wofür bist du eigentlich da? Die Freundschaft antwortet der Liebe, ich trockne die Tränen, die du angerichtet hast!

Es ist keine Freundschaft, wenn nur der Freund schafft!

Dem Vogel sein Nest. Der Spinne das Netz. Dem Menschen, Freundschaft!

Freundschaft ist eine langsam wachsende Blume.

Freundschaften zerbrechen nicht, Freundschaften welken.

Jedes Mal, wenn man einen neuen Freund gewinnt, definiert sich Freundschaft neu.

Als Freunde lernten wir uns kennen,
als Freunde werden wir uns trennen,
als Freunde auseinander geh'n,
als Freunde uns bald wieder seh'n!

Sprichwörter aus aller Welt

Die Freundschaft ist die engste der Verwandtschaften.
Aus Algerien

Liebe und Freundschaft sind die besten Gewürze zu allen Speisen.
Aus China

Freundschaft ist wie eine Spur, die im Sand verschwindet, wenn man sie nicht beständig erneuert.
Aus Afrika

Besser etwas Geld verlieren, als etwas Freundschaft.
Aus Madagaskar

Wahre Freundschaft kommt am schönsten zur Geltung, wenn es ringsumher dunkel wird.
Flämisches Sprichwort

Für eine Freundschaft von zweien benötigt es die Geduld von einem.
Indisches Sprichwort

Eine Hecke in der Mitte hält jede Freundschaft jung.

Zeit verstärkt die Freundschaft und schwächt die Liebe.
Französische Sprichwörter

Deutsche Sprichwörter

Gleiches Unglück macht Freundschaft.

Gleiche Bürde hält feste Freundschaft.

Ungleich trennt die Freundschaft.

Freundschaft ist Liebe mit Verstand.

Gegen den Wind beweist sich die Freundschaft.

Freundschaft, die ein Ende fand,
niemals echt und rein bestand.

Kurze Besuche verlängern die Freundschaft.

Gleiche Sinnen, gleiche Herzen,
gleiche Freuden, gleiche Schmerzen,
sind die nicht der Freundschaft Band,
welches ewig hat Bestand?
Volksgut

Freunde in Zitaten

Nicht geringer fürwahr, als selbst ein leiblicher Bruder, ist ein redlicher Freund.
Hesiod (ca. 700 v. Chr.), griechischer Dichter

Denk an deine Freunde, ob sie da sind oder fort.
Thales von Milet (um 624 v.Chr. - um 546 v.Chr.), griechischer Naturphilosoph, Staatsmann, Mathematiker, Astronom und Ingenieur; einer der Sieben Weisen

Kleine Freunde können sich als große erweisen.
Äsop (um 600 v. Chr.), Begründer der Fabeldichtung

Sei gegen deine Freunde, ob sie Glück oder Unglück haben, immer derselbe.
Periander (um 600 v. Chr.), Tyrann von Korinth.

Zu den Gastmählern deiner Freunde gehe langsam, zu den Unglücksfällen schnell.
Chilon von Sparta (um 600 v. Chr.), Verfassungsreformer

Ein treuer Freund ist so viel wert wie zehntausend Verwandte.

Denn in der Not sind gute Freunde am sichersten.

Kein besseres Heilmittel gibt es im Leid als eines edlen Freundes Zuspruch.
Euripides (480 v. Chr. - 406 v. Chr.), griechischer Dichter

Nichts ist willkommener als ein Freund zur rechten Zeit.
Titus Maccius Plautus (um 254 v. Chr. - um 184 v. Chr.),
römischer Komödiendichter

Nicht Berechnung macht Menschen zu Freunden, sondern das Bedürfnis nach verständnisvoller Gemeinsamkeit.

Den wahren Freund erkennt man in der Not.

Ein wahrer Freund ist wie ein zweites Ich
Marcus Tullius Cicero (106-43 v. Chr.), römischer Redner
und Staatsmann, De amicitia 80

Ich brauche keinen Freund, der sich jedes Mal mit mir verändert und mein Kopfnicken erwidert, denn das tut mein Schatten besser.

Es ist schlimm, erst dann zu merken, dass man keine Freunde habe, wenn man wirklich Freunde nötig hat, und es nicht mehr Zeit ist, falsche und unechte Freunde mit treuen und standhaften zu vertauschen.
Plutarch von Chäronea (45-120), griechischer Philosoph,
Historiker und Konsul von Griechenland

Ein Freund ist gleichsam ein zweites Ich.
Ambrosius von Mailand (339-397), römischer Politiker,
Bischof und Kirchenlehrer

Nicht Lieblicheres kann es geben, als sich über des Nächsten Glück zu freuen und ihm zu wünschen, was man sich selbst wünscht.
Brigitta von Schweden (1303-1373), Mystikerin des Mittelalters

Wer mit sich selbst uneins ist, der ist niemands Freund.
Johann Geiler von Kaysersberg (1445-1510), deutscher Prediger

Es sollt' ein Freund des Freundes Schwächen tragen.

Ich achte mich in keinem Stück so glücklich, als dass mein Sinn der Freunde treu gedenkt.
William Shakespeare (1564-1616), engl. Dramatiker

Wer jedermanns Freund sein will, ist der meine nicht.
Molière (1622-1673), französischer Dichter und Schauspieler

Aber mit wem soll ich reden? Mit Freunden? Mit diesen rede ich freilich am liebsten. Ich dürfte ihnen nur ein halbes Wort sagen, so verstünden sie mich.
Friedrich Gottlieb Klopstock (1724-1803), deutscher Dichter

Nichts lässt die Erde so geräumig erscheinen, als wenn man Freunde in der Ferne hat.
Henry David Thoreau (1725-1798), amerikanischer Schriftsteller und Philosoph

Die schlechteste Münze, mit der man seine Freunde bezahlen kann, sind die Ratschläge. Nur die Hilfe ist die einzig Gute.

Ferdinando Coelestinus Galiani, auch Abbé Galiani (1728-1787), italienischer Diplomat, Ökonom und Schriftsteller.

Wer Freunde sucht, ist sie zu finden wert:
Wer keinen hat, hat keinen noch begehrt.
Gotthold Ephraim Lessing (1729-1781)

Gar freundliche Gesellschaft leistet uns ein ferner Freund, wenn wir ihn glücklich wissen.

Es ist unmöglich, dass ein alter Freund, der, lang entfernt, ein fremdes Leben führte. im Augenblick, da er uns wiedersieht, sich wieder gleich wie ehemals finden soll.

Einen kritischen Freund an der Seite, kommt man immer schneller vom Fleck.
Johann Wolfgang von Goethe (1749-1832), deutscher Dichter

Wir wissen den getreuen Freund zu ehren.
Dem falschen wehren ist der Klugheit Pflicht.

Es macht der Freund des Freundes Kummer zu dem seinen.
Friedrich von Schiller (1759-1805), deutscher Dichter und Schriftsteller

Einen guten Freund zu haben ist von allen Gottesgaben die reinste, denn diese Art Liebe kennt keine wechselseitige Belohnung. Sie ist nicht ererbt wie bei der Familie. Sie ist nicht zwingend wie die zu einem Kind. Und sie verfügt nicht über das Mittel körperlicher Freuden wie in der Ehe. Deshalb ist sie eine unbeschreibliche Bindung, die eine weit tiefere Hingabe mit sich bringt als alle anderen.

Jean Paul (1763-1825), deutscher Dichter, Publizist und Pädagoge

Eignes Nachdenken oder ein Buch oder woran man sich sonst zu orientieren vermag, ist wohl gut, aber das Wort eines echten Freundes, der den Menschen und die Lage kennt, trifft wohltätiger und irrt weniger.

Friedrich Hölderlin (1770-1843), deutscher Dichter

Man lebt, wenn man das Glück hat, mehre Freunde zu besitzen, mit jedem Freunde ein eignes, abgesondertes Leben.

Ludwig Tieck (1773-1853), deutscher Dichter und Übersetzer

Unsere äußeren Schicksale interessieren die Menschen, die inneren nur den Freund.

Heinrich von Kleist (1777-1811), deutscher Dramatiker, Erzähler, Lyriker und Publizist.

Der Mann ist töricht, der die Menge der Freunde zählt.

Ein Bündel Röhricht hilft dir nicht, wo ein Stab dir fehlt. *Friedrich Rückert (1788-1866), deutscher Dichter, Lyriker und Übersetzer*

Weise Freunde bleiben stets das beste Buch des Lebens, weil die durch Belehrung würzen ihres Umgangs Lieblichkeit.
Serafín Estébanez Calderón (1799-1867), spanischer Schriftsteller und Journalist

Der einzige Weg, einen Freund zu haben, ist der, selbst einer zu sein.

Die Schmuckstücke eines Hauses sind die Freunde, die darin verkehren.

Ein Freund ist ein Mensch, vor dem man laut denken kann.
Ralph Waldo Emerson (1803-1882), nordamerikanischer Philosoph und Schriftsteller

Bekannte kommen und vergehen, Freunde nicht.
Ludwig Andreas Feuerbach (1804-1872), deutscher Philosoph und Anthropologe,

Alte Freunde sind wie alter Wein: Er wird immer besser, je älter man wird, desto mehr lernt man, dieses unendliche Gut zu schätzen.
Adalbert Stifter (1805-1868), österreichischer Schriftsteller, Maler und Pädagoge

Diene deinen Freunden, ohne zu rechnen.
Gottfried Keller (1819-1890), Schweizer Dichter

Freund in der Not will nicht viel heißen;
Hilfreich möchte sich Mancher erweisen.
Aber die neidlos ein Glück dir gönnen,
Die darfst du wahrlich Freunde nennen.

Mancher große Mann hätte nie an sich geglaubt, wenn ihn nicht gute Freunde entdeckt hätten.
Paul von Heyse (1830-1914), Schriftsteller, Dramatiker und Übersetzer, Nobelpreisträger für Literatur 1910

Wirklich gute Freunde sind Menschen, die uns ganz genau kennen, und trotzdem zu uns halten.

Es gibt wenig aufrichtige Freunde – die Nachfrage ist auch gering.
Marie von Ebner-Eschenbach (1830-1916), österreichische Erzählerin

Die eigentliche Aufgabe eines Freundes ist es, dir beizustehen, wenn du im Unrecht bist. Jedermann ist auf deiner Seite, wenn du im Recht bist.

Tiere sind die besten Freunde.
Sie stellen keine Fragen und kritisieren nicht.

Bevor man anfängt, seine Feinde zu lieben, sollte man seine Freunde besser behandeln.

Mark Twain (1835-1910), US-amerikanischer Erzähler und Satiriker

Zwei Freunde müssen sich im Herzen ähneln, in allem anderen können sie grundverschieden sein.

Sully Prudhomme (1839-1907), französischer Dichter

Mitfreude, nicht Mitleiden, macht den Freund.

Friedrich Wilhelm Nietzsche (1844-1900), deutscher Philosoph, Essayist, Lyriker und Schriftsteller

Jedermann kann für die Leiden eines Freundes Mitgefühl aufbringen. Es bedarf aber eines wirklich edlen Charakters, um sich über die Erfolge eines Freundes zu freuen.

Oscar Wilde (1854-1900), irischer Schriftsteller

Der Freund ist einer, der alles von dir weiß, und der dich trotzdem liebt.

Elbert Green Hubbard (1856-1915) war ein amerikanischer Schriftsteller, Essayist, Philosoph und Verleger

Man hat etwas weniger Freunde, als man annimmt, aber etwas mehr, als man kennt.

Hugo von Hofmannsthal (1874-1929), österreichischer Dichter

Vermischtes

Falsche Freunde gleichen unseren Schatten: Sie halten sich dicht hinter uns, solange wir in der Sonne gehen, verlassen uns aber sofort, wenn wir ins Dunkel geraten.
Autor unbekannt

Freunde sind jene seltenen Menschen, die einen fragen, wie es einem geht, und dann auch die Antwort abwarten.
Autor unbekannt

Im Grunde sind es doch die Verbindungen mit Menschen, die dem Leben seinen Wert geben.
Wilhelm von Humboldt (1767-1835)

Man muss nur ein Wesen recht von Grund aus lieben, da kommen einem die übrigen alle liebenswürdig vor.
Johann Wolfgang von Goethe (1749-1832), deutscher Dichter

Vieles kann der Mensch entbehren, nur den Menschen nicht.
Ludwig Börne (1786-1837), deutscher Schriftsteller und Kritiker

Bibelverse über Freunde

Ein treuer Freund ist mit keinem Geld noch Gut zu bezahlen.
Jesus Sirach 6,15

Niemand hat größere Liebe als die, dass er sein Leben lässt für seine Freunde.
Johannes 15:13

Ein falscher Mensch richtet Zank an,
und ein Verleumder macht Freunde uneins.
Sprüche 16:28

Wer Verfehlung zudeckt, stiftet Freundschaft;
wer aber eine Sache aufrührt, der macht Freunde uneins.
Sprüche 17:9

Ein Freund liebt allezeit, und ein Bruder wird für die Not geboren.
Sprüche 17:17

Es gibt Allernächste, die bringen ins Verderben,
und es gibt Freunde, die hangen fester an als ein Bruder.
Sprüche 18:24

Sprichwörter aus aller Welt

Einen wahren Freund erkennen wir in Armut
Aus Polen

Fliegen und Freunde kommen im Sommer

Bei dem Freunde halte still, der dich nur, nicht das deine will.

Neue Freunde zu erhalten, brechet niemals mit den alten.

Freunde in der Not, gehen Tausend auf ein Lot

Besser in der Tasche kein Geld, als ohne Freund in dieser Welt.

Wer den Teufel zum Freunde haben will, der zündet ihm eine Fackel an
Deutsche Sprichwörter

Freunde sind Gottes Entschuldigung für Verwandte."
Aus Irland

Für einen Freund isst man auch ein rohes Hühnchen

Iss und trink mit einem Freund, mach aber mit ihm niemals Geschäfte
Aus der Türkei

Geht der Wein aus, hört das Gespräch auf, geht das Geld aus, bleiben die Freunde aus
Aus Rumänien

In der Fremde einen alten Freund zu treffen, ist wie labender Regen nach langer Trockenheit
Aus China

Iss mit deinem Freund, aber mach mit ihm keine Geschäfte
Aus Armenien

Kritisiere Deinen Freund ins Gesicht hinein, Deinen Feind hinter seinem Rücken
Aus Georgien

Mach dir einen Aufrichtigen und Rechtschaffenen zum Freund
Aus Afrika, altägyptisches Sprichwort

Wein und Freunde, ein Paradies
Aus Friaul

Wohlstand schafft Freunde, Not prüft sie
Aus England

Freunde in Zitaten

Zeig mir deine Freunde, und ich sag dir, wer du bist
Aus Griechenland

Es ist nicht gut, sich ohne einen Freund auf den Weg zu machen; denn man hat keinen, zu dem man sagen kann: Ich fürchte mich.
Afrikanisches Sprichwort

Ein freundliches Wort kann drei Wintermonate warm machen.
Japanisches Sprichwort

Bücher und Freunde soll man wenige und gute haben.
Aus Spanien

Es ist besser, in Ketten mit Freunden als im Garten mit Feinden zu sein.
Aus Persien

Ein alter Freund ist besser als zwei neue

Freunde zu finden ist leicht, sie zu behalten ist schwer

Bei einem Freund trank ich Wasser, es schmeckte wie Wein.
Aus Russland

Erst such dir einen Begleiter, dann einen Weg.
Lebensweisheit

Freundschaft und Freunde in Gedichten

Friedrich von Logau (1605-1655), deutscher Dichter des Barock

An einen Freund

Weil du mich, Freund, beschenkst mit dir,
So dank ich billig dir mit mir.
Nimm hin deswegen mich für dich;
Ich sei dir du; sei du mir ich.

Johann Christian Günther (1695-1723), deutscher Lyriker

Ein guter Freund das beste Vergnügen

Mein Vergnügen heißt auf Erden
Ein vertrauter Freund allein;
Wenn ich den kann habhaft werden,
So stimmt Herz und Lippen ein,
Und die Losung ist das Pfand:
Freundschaft ist das schönste Band.

Hier gibt sich ein holdes Gosen
Tausendfacher Anmut an,
Wo man stets die Zuckerrosen
Der Vergnügung brechen kann,
Und ein recht gelobtes Land:
Freundschaft ist das schönste Band.

Strebt vor mir nach eitlem Gute,
Blinde Toren, spät und früh!
Mir ist gar nicht so zu Muth,
Dies verlohnt sich wohl der Müh.
Was ist Geld? Ein glatter Sand.

Andre mögen sich mit Sorgen
Um des andern Gunst bemühn
Und vom Abend bis an Morgen
An dem Liebesjoche ziehn.
Mir beliebt kein solcher Tand:
Freundschaft ist das schönste Band.

Lieben ist ein stets Leiden,
Das manch heimlich Weh gebiert
Und bei seinen seltnen Freuden
Tausend Kummer mit sich führt,
Ein vermyrther Zuckerkand:
Freundschaft ist das schönste Band.

Freundschaft kann aus allen Sachen,
Wenn der Liebe Garn zerreißt,
Honigseim aus Wermut machen,
Der mit lauter Anmut speist;
Sie hast allen Unbestand:
Freundschaft ist das schönste Band.

An ihr treff ich aller Orten
Ein so groß Vergnügen an,
Das ich gar mit keinen Worten
Nicht genug beschreiben kann.
Dieses Kleinod stiehlt niemand:
Freundschaft ist das schönste Band.

Nichts soll meinen Sinn besiegen,
Wahre Freundschaft soll allein
Auf der Welt hier mein Vergnügen
Und der stete Wahlspruch sein,
Der mir allen Harm entwand:
Freundschaft ist das schönste Band.

Friedrich von Hagedorn (1708-1754), deutscher Dichter des Rokoko

Die Freundschaft.

Du Mutter holder Triebe,
O Freundschaft! dir zur Ehre,
Dir, Freundschaft, nicht der Liebe,
Erschallen unsre Chöre,
Und Phyllis stimmt mit ein:
Doch sollte das Entzücken
Von Phyllis Ton und Blicken
Nichts mehr als Freundschaft sein?

Freundschaft und Freunde in Gedichten

Christian Fürchtegott Gellert (1715 - 1769), deutscher Erzähler, Fabel- und Liederdichter

Der wahre Freund

Der ist mein Freund, der mir stets den Spiegel zeigt,
den kleinsten Flecken nicht verschweigt,
mich freundlich warnt, mich ernstlich schilt,
wenn ich nicht meine Pflicht erfüllt'.
Das ist mein Freund – so wenig wie er's scheint!

Doch der, der mich stets schmeichelnd preist,
mir alles lobt, nie was verweist,
zu Fehlern mir die Hände beut,
und mir vergibt, eh' ich bereut
– das ist mein Feind –
so freundlich er auch scheint!"

The Miriam and Ira D. Wallach Division of Art, Prints and Photographs: Print Collection, The New York Public Library. "Amadeus" *The New York Public Library Digital Collections.* 1501 - 1534.

Johann Kaspar Lavater (1741-1801), Schweizer Philosoph

Achtung, Liebe, Vertrauen, – drei Grundzüge im Dasein der Freundschaft.

Treue, Weisheit und Mut und Geduld und Liebe – sind Freundschaft!

Freundschaft will, wie das Feuer, genährt sein – oder sie stirbt.

Wahre Freundschaft sagt, was keine Lippen sonst sagen.

Wahre Freundschaft verschweigt, was keine Lippen verschweigen.

Was die Freundschaft gibt, nimmt Freundschaft kindlich und froh an.

Wer sich des Glückes des Freundes nicht freut, den Tränen des Freundes Tränen nicht opfert, der ist des Freundesnamens nicht würdig.

Echte Freunde trennt kein Tod, kein trennendes Schicksal!

Johann Gottfried Herder (1744-1803), deutscher Dichter, Übersetzer, Theologe sowie Geschichts- und Kultur-Philosoph der Weimarer Klassik

An die Freundschaft (1787)

Heil'ge Freundschaft, die auf Engelsflügeln
Sich emporschwang zu den sel'gen Hügeln,
Unser Erdenland verließ
Und ging auf ins Väterparadies,

Wo sie noch aus guten Mutterhänden
Uns ihr Kind zuweilen her will senden,
Liebe, die auch irre geht
Und für Treue öfters Reu empfäht –

Holde Freundschaft, kehr, o kehre wieder,
Hand und Herzen bindend, zu uns nieder!
Ohne Dich ist Alles leer,
Auch die Liebe selbst nicht Liebe mehr.

Wenn Du Dich uns länger, länger raubest
Und Dein Bild dem süßen Trug erlaubest,
O, so wird Dein Menschenreich
Bald dem wüsten, wilden Chaos gleich.

Das Glück der Freundschaft. (1786)

Glücklich sind die da lieben und werden wieder geliebet.
Glücklich warest du Theseus; es war Pirithous mit dir,
Selbst da du zum Hause des harten Pluto hinabstiegst.
Glücklich war Orest auch unter unwirthlichen Wilden:
Denn sein Pylades ging mit ihm an die grausame Küste.
Glücklich war Achilles, als sein Patroklus noch lebte;
Auch der Sterbende glücklich; er hatte gerettet vom Tode.[1]

Freundschaft. (1792)

Wie der Schatte früh am Morgen
ist die Freundschaft mit den Bösen;
Stund' auf Stunde nimmt sie ab.
Aber Freundschaft mit den Guten
wachset wie der Abendschatte,
bis des Lebens Sonne sinkt.

---

[1] Ich lasse diesen Vers in seiner Zweideutigkeit und deute ihn auf den Patroklus, der durch die Beihülfe seines Freundes den rühmlichsten Tod, als ein Erretter des ganzen griechischen Heers sterben konnte.

Johann Wolfgang von Goethe (1749-1832), deutscher Dichter

Den Freunden

Des Menschen Tage sind verflochten,
die schönsten Güter angefochten,
es trübt sich auch der frei'ste Blick;
du wandelst einsam und verdrossen,
der Tag verschwindet ungenossen
in abgesonderten Geschick.

Wenn Freundesantlitz dir begegnet,
so bist du gleich befreit, gesegnet,
gemeinsam freust du dich der Tat.
Ein Zweiter kommt, sich anzuschließen,
mitwirken will er, mitgenießen;
verdreifacht so sich Kraft und Rat.

Von äußerm Drang unangefochten,
bleibt, Freunde, so in eins verflochten,
dem Tag gönnet heitern Blick!
Das Beste schaffet unverdrossen;
Wohlwollen unsrer Zeitgenossen,
das bleibt zuletzt erprobtes Glück.

Christoph August Tiedge (1752 - 1841), deutscher Schriftsteller

Die Freundschaft ist die heiligste der Gaben,

Nichts Heilger's konn't uns ein Gott verleihn.
Sie würzt die Freud' und mildert jede Pein,
und einen Freund kann jeder haben,
der selbst versteht, ein Freund zu sein.

Friedrich Hölderlin (1770-1843), deutscher Dichter

Freundschaft

Wenn Menschen sich aus innrem Werte kennen,
So können sie sich freudig Freunde nennen,
Das Leben ist den Menschen so bekannter,
Sie finden es im Geist interessanter.

Der hohe Geist ist nicht der Freundschaft ferne,
Die Menschen sind den Harmonien gerne
Und der Vertrautheit hold, daß sie der Bildung leben,
Auch dieses ist der Menschheit so gegeben.

Novalis eigentlich Georg Philipp Friedrich von Hardenberg (1772-1801), deutscher Schriftsteller der Frühromantik und Philosoph

An Adolph Selmni(t)z

Was passt, dass muss sich ründen,
Was sich versteht, sich finden,
Was gut ist, sich verbinden,
Was liebt, zusammen sein.
Was hindert, muss entweichen,
Was krumm ist, muss sich gleichen,
Was fern ist, sich erreichen,
Was keimt, das muss gedeihn.

Gib traulich mir die Hände,
Sei Bruder mir, und wende
Den Blick, vor Deinem Ende,
Nicht wieder weg von mir.
Ein Tempel, wo wir knieen,
Ein Ort, wohin wir ziehen,
Ein Glück, für das wir glühen,
Ein Himmel mir und dir.

Adelbert von Chamisso (1781-1838), deutscher Naturforscher und Dichter französischer Herkunft

Das Lied von der Freundschaft.

Thöricht ist's, dem sanften Glühen,
Das die Freundschaft mild erregt,
Jene Wunden vorzuziehen,
Die die Liebe grausam schlägt.
Liebe nimmer uns erscheine,
Freundschaft bleib' uns zugewandt!
Wer verläßt Italiens Haine
Für Arabiens heißen Sand?

Für das flüchtige Entzücken,
Das die Liebe sparsam bringt,
Wie viel Qualen uns durchzücken,
Welcher Schrecken uns umringt!
Liebe mag die Blicke weiden,
Wenn ihr Opfer sinkt ins Grab;
Freundschaft nahet sich dem Leiden,
Trocknet ihm die Thränen ab.

Drum der Liebe bangen Schmerzen,
Ihrer Trunkenheit entflohn,
Woll'n der Freundschaft wir die Herzen
Reichen uns zu schönerm Lohn.
Uns die Freundschaft zu versüßen
Noch mit einer schönern Zier,
Laß mich dich als Bruder grüßen,
Gieb den Schwesternamen mir!

Joseph von Eichendorff (1788-1857), ein bedeutender Lyriker und Schriftsteller der deutschen Romantik

An...

Wie nach festen Felsenwänden
Muss ich in der Einsamkeit
Stets auf dich die Blicke wenden.
Alle, die in guter Zeit
Bei mir waren, sah ich scheiden
Mit des falschen Glückes Schaum,
Du bliebst schweigend mir im Leiden,
Wie ein treuer Tannenbaum,
Ob die Felder lustig blühn,
Ob der Winter zieht heran,
Immer finster, immer grün -
Reich die Hand mir, wackrer Mann.

Friedrich Rückert (1788-1866), deutscher Dichter, Lyriker und Übersetzer

Dein wahrer Freund...

Dein wahrer Freund ist nicht,
wer dir den Spiegel hält der Schmeichelei,
worin dein Bild dir selbst gefällt.
Dein wahrer Freund ist,
wer dich sein lässt deine Flecken
und sie dir tilgen hilft,
eh' Feinde sie entdecken.

Franz Grillparzer (1791-1872), österreichischer Schriftsteller,

In ein Stammbuch

Dem nur blühet wahres Glück,
Den auf seinem Pfade Freundschaft leitet.
Was es seinen Lieblingen bereitet,
Gab dir alles das Geschick.
Eins nur ist zu geben mir geblieben
Und dies einzige biet ich dir an:
Eine Seele, die dich innig lieben
Und dir Freundschaft geben kann.

Wert der Freundschaft

So feurig, unverfälscht und rein,
wie unsers Vaterlandes Wein,
muß Freundschaft sein; fest muß sie halten,
wenn auch des Schicksals Mächte schalten;
Sie kann uns Seligkeit bereiten,
selbst wenn wir mit dem Unglück streiten,
und nimmer reizt selbst Krösus Gold
den Glücklichen, dem sie ist hold;
er wird nicht nach dem Glücke laufen,
um das sonst Menschenkinder raufen,
und wenn die Freunde Freund ihn grüßen,
kann keine Unbild ihn verdrießen.

Freundschaft und Freunde in Gedichten

August Heinrich Hoffmann von Fallersleben (1798-1874),
deutscher Dichter

Der Freundschaft Immergrün

Glücklich, was in Lieb und Treue
sich hienieden einst verband
und sich immerfort aufs Neue
noch wie weiland wiederfand!

Schön wie eine liebe Sage
klinget die Erinnerung
und im Zauber schöner Tage
fühlt das Herz sich wieder jung.

So nur gibt's für uns kein Altern,
kein Verwelken, kein Verblühn,
wenn wir treu verbunden halten
fest der Freundschaft Immergrün.

Joseph Heinrich Wolf (1803-1857), deutscher Advokat und Heimatforscher

Freundschaft

Wie aus ungeseh'nen Fernen
Sonnenstrahl das Frühlingsfeld,
Wie aus gold'nen Himmels - Sternen
Freude küsst die ganze Welt;
So umschlingen Freundschafts-Ketten
Menschheit, Freiheit, Gott und Glück;
Und wird sie wie Wurm zertreten,
Küsst sie, Freund, noch dein Geschick
Aus des freien Todes Blick.

Freundschaft stammt aus Himmels Sphären,
Dort, wo Gott und Engel thront;
Freundschaft kann kein Tod zerstören,
Wenn sie fest in Geistern wohnt.
Kämpfen, siegen oder sterben
Für des Herzens teuren Freund:
Heißt den Himmel hier erwerben,
Wo die neue Sonne scheint,
Und sich Freund mit Freund vereint.

Freundschaft ist's, was ich erkoren,
Freundschaft ist mein Himmelreich;
Sie vereinigt Götter-Horen,
Und macht uns den Göttern gleich.
Bricht der Freund auch kühn die Schranken;
Für ihn' steht der Kerker nicht:
Er kann für die Freundschaft wanken;
Aber fallen kann er nicht,
Bis der Tod sein Auge bricht.

Luise Egloff (1804-1835), blinde Schweizer Dichterin

Das Glück der Freundschaft.

Freundschaft darf empfindungsvollen Seelen
Niemals in des Lebens Stürmen fehlen;
Nur wenn uns ihr holder Engel lacht,
Schwindet jeder sorgenvolle Kummer;
Sie nur reißt uns aus des Geistes Schlummer,
Der zur Tugend neugestärkt erwacht.

Ganz vom Weltgetümmel losgebunden
Sind der Freundschaft wonnevolle Stunden:
Still und heiter strahlet unser Glück.
Wer an ihrer Hand durchs Leben wandelt,
Den entflammt sie, dass er edel handelt;
Ruhig blickt er in sein Herz zurück.

Doch wem blühen ihre süßen Freuden?
Wen erquickt sie auch im größten Leiden?
Den, der ihren Wert niemals verkennt.
Nicht den falschen, lasterhaften Seelen,
Die aus Eigennutz sich Freunde wählen,
Blüht die Blume, die man Freundschaft nennt.

Nur wenn Gleichgesinnte sich verbinden,
Die der Tugend hohen Wer empfinden,
Lächelt mild die holde Trösterin.
Sie vereinigt durch die Band das Wahre,
Denn an ihrem heiligen Altare
Fordert sie den unbefleckten Sinn.

Darin liegt das höchste Glück des Lebens.
Ach so viele suchen es vergebens!
Ohne Tugend blüht auch Freundschaft nicht.
O mit welcher unbegrenzten Milde
Führt sie uns in göttliche Gefilde!
Selbst des Kummers Nacht erhellt ihr Licht!

David Friedrich Strauss (1808-1874), deutscher Schriftsteller, Philosoph und evangelischer Theologe

In ein Album

Freundschaft reift in langen Jahren;
In Gefahren
Gibt sie ihre sichern Proben.
Aber loben
Soll man die auch, die in Stunden
Rasch empfunden,
In beglückten Umgangstagen
Angetragen,
Während schöner Sommerwochen
Ausgesprochen,
Sich als gut für's ganze Leben
Kund gegeben.

Freundschaft und Freunde in Gedichten

Theodor Storm (1817-1888), deutscher Schriftsteller

An die Freunde

Wieder einmal ausgeflogen,
Wieder einmal heimgekehrt;
Fand ich doch die alten Freunde
Und die Herzen unversehrt.

Wird uns wieder wohl vereinen
Frischer Ost und frischer West?
Auch die losesten der Vögel
Tragen allgemach zu Nest.

Immer schwerer wird das Päckchen,
Kaum noch trägt es sich allein;
Und in immer engre Fesseln
Schlinget uns die Heimat ein.

Und an seines Hauses Schwelle
Wird ein jeder festgebannt;
Aber Liebesfäden spinnen
Heimlich sich von Land zu Land.

Friedrich von Bodenstedt (1819-1892), deutscher Schriftsteller und Theaterintendant.

Freundschaft

Wenn jemand schlecht von deinem Freunde spricht,
Und scheint er noch so ehrlich: Glaub' ihm nicht!
Spricht alle Welt von deinem Freunde schlecht:
Misstrau' der Welt und gib dem Freunde Recht!
Nur wer so standhaft seine Freunde liebt,
Ist wert, dass ihm der Himmel Freunde gibt.
Ein Freundesherz ist ein so selt'ner Schatz,
Die ganze Welt beut nicht dafür Ersatz;
Ein Kleinod ist's voll heil'ger Wunderkraft,
Das nur bei festem Glauben Wunder schafft -
Doch jedes Zweifels Hauch trübt seinen Glanz,
Einmal zerbrochen wird's nie wieder ganz.
Drum: Wird ein solches Kleinod dir beschert,
O trübe seinen Glanz nicht, halt es wert;
Zerbrich es nicht! Betrachte alle Welt
Als einen Ring nur, der dies Kleinod hält,
Dem dieses Kleinod selbst erst Wert verleiht,
Denn wo es fehlt, da ist die Welt entweiht.
Doch würdest du dem ärmsten Bettler gleich,
Bleibt dir ein Freundesherz, so bist du reich;
Und wer den höchsten Königsthron gewann
Und keinen Freund hat, ist ein armer Mann.

Ludwig Eichrodt (1827-1892), deutscher Jurist und humoristischer Dichter

Freundschaft

Was aber hätt ich von dieser Welt,
und hätt ich, was ich wünscht, im Nu,
was Herz erwärmt und Geist erhellt,
und hätt keinen Freund dazu?

Was hätt ich von aller Liebe gar,
was hätt ich von dem funkelnden Wein,
wenn alles, was süß mir ist und war,
nur blühte für mich allein?

Was wollt ich mit der schwellenden Brust,
und schütte sie arglos nimmer aus?
Vergrabenes Leid, verschlossene Lust,
das ist der Seelengraus.

Der Alles überdauern muss,
wenn Dir so manche Blüte geknickt,
das ist des Geistes kräftiger Genuss,
der ewig verjüngt, erquickt.

Es ist allein der liebende Freund,
der einen ganz und gar versteht,
der mitgelacht und mitgeweint,
geerntet, was mitgesät.

Dann erst, o dann, geschähs einmal,
da würd es einsam in Dir und leer,
wenn Deine Freunde wegstürben all,
würde Dirs Leben schwer.

Marie von Ebner-Eschenbach (1830-1916), mährisch-österreichische Schriftstellerin

Einen Menschen wissen...

Einen Menschen wissen,
der dich ganz versteht,
der in Bitternissen
immer zu dir steht,
der auch deine Schwächen liebt
weil du bist sein,
dann mag alles brechen
du bist nie allein.

Wilhelm Busch) (1832-1908), deutscher Dichter und Zeichner

Es saßen einstens beieinand...

Es saßen einstens beieinand
Zwei Knaben, Fritz und Ferdinand.
Da sprach der Fritz: Nun gib mal acht,
Was ich geträumt vergangne Nacht.

Ich stieg in einen schönen Wagen,
Der Wagen war mit Gold beschlagen.
Zwei Englein spannten sich davor,
Die zogen mich zum Himmelstor.

Gleich kamst du auch und wolltest mit
Und sprangest auf den Kutschentritt,
Jedoch ein Teufel, schwarz und groß,
Der nahm dich hinten bei der Hos

Und hat dich in die Höll getragen.
Es war sehr lustig, muß ich sagen. -
So hübsch nun dieses Traumgesicht,
Dem Ferdinand gefiel es nicht.

Schlapp! schlug er Fritzen an das Ohr,
Daß er die Zippelmütz verlor.
Der Fritz, der dies verdrießlich fand,
Haut wiederum den Ferdinand;

Und jetzt entsteht ein Handgemenge,
Sehr schmerzlich und von großer Länge. -
So geht durch wesenlose Träume
Gar oft die Freundschaft aus dem Leime.

Es ist halt schön...

Es ist halt schön,
Wenn wir die Freunde kommen sehn. –
Schön ist es ferner, wenn sie bleiben
Und sich mit uns die Zeit vertreiben. –
Doch wenn sie schließlich wieder gehn,
Ist's auch recht schön. –

Heinrich Seidel (1842-1906), deutscher Ingenieur und Schriftsteller.

Neues Glockenspiel
V. EPIGRAMME UND HUMORISTISCHES.
FREUNDSCHAFT UND LIEBE

1.

Wolle nie im Flug erreichen
Freundschaft, jenen hohen Stern!
Hülle wird auf Hülle weichen,
Und allmählich naht der Kern.

Jäher mag die Liebe flammen,
Schneller glühen himmelwärts, –
Aber fester hält zusammen,
Fand sich mählich Herz an Herz.

2.

Aus dem Walde, wenn ich rufe,
Wieder tönt der Stimme Schall;
So ertönt im Freundesherzen
Meines eignen Wiederhall.

Aber zum Accord sich einen
In der Liebe Herz und Herz, –
Und vereinte Klänge steigen
Selig jauchzend himmelwärts.

Christian Morgenstern (1871-1914), deutscher Dichter, Schriftsteller und Übersetzer.

An den Andern

Ich hatte mich im Hochgebirg verstiegen.
Die Felsenwelt um mich, sie war wohl schön;
doch konnt ich keinen Ausgang mir ersiegen,
noch einen Aufgang nach den lichten Höhn.

Da traf ich dich, in ärgster Not: den Andern!
Mit dir vereint gewann ich frischen Mut.
Von neuem hob ich an, mit dir, zu wandern,
und siehe da: Das Schicksal war uns gut.

Wir fanden einen Pfad, der klar und einsam
empor sich zog, bis, wo ein Tempel stand.
Der Steg war steil, doch wagten wir's gemeinsam ...
und heut noch helfen wir uns, Hand in Hand.

Mag sein, wir stehn an unsres Lebens Ende
noch unterm Ziel – genug, der Weg ist klar!
Dass wir uns trafen, war die große Wende.
Aus zwei Verirrten ward ein wissend Paar.

Joachim Ringelnatz (1883-1934), deutscher Schriftsteller,
Kabarettist und Maler

FREUNDSCHAFT (aus Flugzeuggedanken, 1929)
Erster Teil

Es darf eine Freundschaft formell sein,
Muß aber genau sein.
Eine Freundschaft kann rauh sein,
Aber muß hell sein.

Denn Allzusprödes versäumt oder verdirbt
Viel. Weil manchmal der Partner ganz plötzlich stirbt.

Mehr möchte ich nicht darüber sagen.
Denn ich sitze im Speisewagen
Und fühle mich aus Freundschaft wohl
Bei „Gedämpfter Ochsenhüfte mit Wirsingkohl".

Zweiter Teil

Die Liebe sei ewiger Durst.
Darauf müßte die Freundschaft bedacht sein.
Und, etwa wie Leberwurst,
Immer neu anders gemacht sein.

Damit man's nicht überkriegt.
Wer einmal den Kanal
Überfliegt,
Merkt: Der ist so und so breit.
Und das ändert sich kaum
In menschlein-absehbarer Zeit.
Wohl aber kann man dies Zwischenraum

Schneller oder kürzer durchqueren.
Wie? Das muß die Freundschaft uns lehren.
Ach, man sollte diesen allerhöchsten Schaft,
Immer wieder einmal jünglingshaft
Überschwenglich begießen.
Eh' uns jener ausgeschlachtete Knochenmann
dahinrafft.

The Miriam and Ira D. Wallach Division of Art, Prints and Photographs: Picture Collection, The New York Public Library. "Meeting of friends" The New York Public Library Digital Collections. 1870.

Freundschaft in der Musik

Ein Freund, ein guter Freund

Ein Freund, ein guter Freund,
das ist das Beste, was es gibt auf der Welt.
Ein Freund bleibt immer Freund,
auch wenn die ganze Welt zusammenfällt.
Drum sei auch nie betrübt,
wenn dein Schatz dich nicht mehr liebt.
Ein Freund, ein guter Freund,
das ist der größte Schatz, den's gibt.

Ausschnitt eines Marschliedes im Sechsachteltakt, das Werner Richard Heymann 1930 für die Tonfilm-Operette „Die Drei von der Tankstelle" geschrieben hat. Mit den Worten Ein Freund, ein guter Freund beginnt der Kehrreim. Den Text dazu dichtete Robert Gilbert (Pseudonym von David Robert Winterfeld).

Freundschaft in der Musik

Wahre Freundschaft soll nicht wanken,
wenn man gleich entfernet ist,
lebet fort noch in Gedanken
und der Treue nicht vergißt.

Keine Ader soll mir schlagen
wo ich nicht an dich gedacht;
für dich werd ich Liebe tragen
bis in tiefe Todesnacht.

Wenn der Mühlstein traget Reben,
und daraus fließt süßer Wein,
wenn der Tod mir nimmt das Leben,
hör ich auf dein Freund zu sein.

Jetzo schlägt die Trennungsstunde,
reißt gewaltsam mich von dir;
es schlägt zu früh die Scheidestunde,
ach, ich fand mein Glück in dir!

So nimm denn hin vom blassen Munde
den Abschiedskuß, der weinend spricht,
und denk an diese Trennungsstunde,
oh einz'ger Freund, vergiß mein nicht!

Im Stillen werd ich Tränen weinen
und träumend dir zur Seite stehn,
und seh ich Gottes Sonne scheinen
werd ich für dich um Segen flehn.

Text: Volkslied (1750)
Melodie: Volksweise (1750)

Willkommen im traulichen Kreise,
ihr Freunde, seid herzlich gegrüßt!
So gleitet durch Blumen die Reise,
wenn man sich gesellig umschließt.

Wohl sprossen im Erdengefilde
auch Dornen am Rosengebüsch;
es säuseln uns Lüftchen voll Milde
mit Stürmen im Wechselgemisch.

Doch Freundschaft kann Bittres versüßen,
und Liebe beseligt uns ganz.
Es schwindet bei zärtlichen Küssen
das Leben wie flüchtiger Tanz.

Kommt denn uns Kränze zu winden,
ihr Seelen voll sanften Gefühls!
Ihr lehret den Himmel uns finden
im Dunkel des Erdengewühls.

Wir eilen euch liebend entgegen,
wir schwören euch ewige Treu'.
Es winket uns göttlicher Segen,
o stimmet frohlockend uns bei!

Verschlungen die Herzen und Hände,
so find' uns der Engel der Ruh'!
Ein freundlicher Genius sende
uns Träume vom Wiedersehn zu!

Text: Verfasser unbekannt auf die Melodie von „Willkommen o seliger Abend" in Musikalischer Hausschatz der Deutschen (1842)

Freundschaft in der Musik

Der Mensch hat nichts so eigen
sowohl steht ihm nichts an
als daß er Treu er zeigen
und Freundschaft halten kann
Wenn er mit seinesgleichen
will treten in ein Band,
verspricht sich nicht zu weichen
mit Herzen, Mund und Hand

Die Red´ ist uns gegeben
damit wir nicht allein
Für uns nur sollen leben
und fern von Leuten sein
Wir sollen uns befragen
uns sehn auf guten Rat
das Leid einander klagen
so uns betreten hat

Was kann die Freude machen
die Einsamkeit verhehlt
Das gib ein doppelt Lachen
was Freunden wird erzählt
Der kann sein Leid vergessen
deres von Herzen sagt
der muß sich selber fressen
der im Geheim sich nagt

Gott stehet mir vor allen
die meine Seele liebt
dann soll mir auch gefallen
der mir sich herzlich gibt
Mit diesen Bundsgesellen
verlach ich Pein und Not
geh auf den Grund der Höllen
und breche durch den Tod!

Ich hab, ich habe Herzen,
so treue, wie gebührt
die Heuchelei und Scherzen
nie wissentlich berührt
ich bin auch ihnen wieder
von Grund der Seelen hold
Ich lieb´ euch mehr ihr Brüder,
denn alles Erdengold!

Text: Simon Dach, 1640 (1605-1659), deutscher Dichter des Barock
Musik: Joseph Gersbach (1782-1830), aber auch Reinecke
u.a. in Liederbuch des Handwerker-Vereins zu Potsdam (1859)

Freundschaft Playlist

Carole King - You've Got A Friend

Queen - Friends Will Be Friends

Dionne Warwick - That's What Friends Are For

The Rembrandts - I'll Be There For You

Bill Withers - Lean On Me

Michael Jackson – Ben

Queen – You're My Best Friend

ABBA – The Way Old Friends Do

Andrew Gold – Thank You For Being A Friend

Don Williams – You're My Best Friend

The Beatles – With A Little Help From My Friends

Jackson 5 – I'll Be There

Juli – Wir Beide

Die Toten Hosen – Freunde

Bruno Mars - Count On Me

Bette Middler – Wind Beneath My Wings

Christina Aguilera - I Turn To You

Elton John – Friends Never Say Goodbye

Phil Collins – You'll Be In My Heart

(Auch als Youtube Playlist:
https://youtube.com/playlist?list=PL7kJ4I2lAMNwOmbjoFCuyMw5C7Ge0Pvwt)

Namensindex

Namensindex

Quellen

Hack, Kerstin; Worte der Freundschaft - Zitate und Gedanken über wertvolle Menschen; Impulsheft Nr. 24; Down to Earth, Berlin, 2008.

Hesse, Elke; Danke: Worte der Dankbarkeit und Freundschaft (Die kleine Bibliothek), arsEdition, 1994.

Hirz, Heinz; Worte der Freundschaft, arsEdition, 2005.

Kruppa, Hans; Neunundneunzig Worte der Freundschaft, Franz Schneekluth Verlag, München, 1991.

Peltzer, Karl, von Normann, Reinhard; Das treffende Zitat. Geist, Weisheit, Witz und Schlagfertigkeit in weit über 30 000 aktuellen und klassischen Zitaten. 14. Auflage, Thun, Ott Verlag, 2003.

Ohne Verfasser; Quellen der Zuneigung – Worte der Freundschaft und Liebe, Verlag Leobuchhandlung, St. Gallen.

Danksagung

Ich möchte mich ganz herzlich bei meiner Frau und meinen Kindern dafür bedanken, dass sie mich in meiner Sammelleidenschaft meistens unterstützen und nur selten belächeln ☺.